KB214352

덕자

덕자

2024년 10월 8일 초판 1쇄 인쇄
2024년 10월 16일 초판 1쇄 발행

지은이 | 김경옥
펴낸이 | 孫貞順

펴낸곳 | 도서출판 작가
　　　　(03756) 서울 서대문구 북아현로6길 50
　　　　전화 | 02)365-8111~2　팩스 | 02)365-8110
　　　　이메일 | cultura@cultura.co.kr
　　　　홈페이지 | www.cultura.co.kr
　　　　등록번호 | 제13-630호(2000. 2. 9.)

편집 | 손희 김치성 설재원
디자인 | 오경은 박근영
영업 | 박영민
관리 | 이용승

ISBN 979-11-94366-01-0 (03810)

* 이 책은 경기도, 경기문화재단　　　　　의 지원으로
　발간되었습니다.

값 12,000원

작가기획시선 034

덕자

김경옥 시집

작가

봄에는 꽃향기 맡고,
가을엔 보름달을 바라봅니다.
여름 햇살과 바람에 땀을 닦으며,
겨울눈으로 눈사람을 만듭니다.
우리의 호시절은 눈앞에 이미 펼쳐져 있습니다.

나에게도 호시절이 왔습니다.
시조를 읽고 쓸 자유를 선택하여 누렸기에 그렇습니다.
무심한 가을바람이 참 시원합니다.
세상의 모든
우리들의 친구, 덕자에게
이 투명한 가을물 서사를 한 아름 드립니다.

광교산 자락 물가에서
2024년 9월 어느 좋은 날
김경옥

차 례

시인의 말

제1부

제2부

제3부

제4부

제5부

제1부

자스민의 봄

보라색 흰색 어우러진 분 내음 따라

유럽 황실 어디쯤 온 듯 데자뷔 즐거워라

신산한

봄바람에 맞선

보드라운

비폭력

행궁동 사월, 목련이 피었어요

꽃샘 커플 붐비는 행궁마을 카페거리
비워 둔 지 오래된 거미줄 궁전이
서둘러 단장을 마쳐
밤 늦도록 환하다

묵은 가지 봄물 퍼 올려 어둠을 씻어내듯
사람도 움츠린 마음 살뜰히 거두면
바람결 눈부시도록
상큼하게 빛날까

이산과 혜경궁 홍씨, 다산茶山도 오셨나 봐
옥상까지 파라솔 치고 사람 구경 꽃구경
물고을 새 물 만났다
발꿈치가 닳고 있다

개나리

음 이월 영등 할머니 어김없이 오시느라
방향 잃은 바람이 맴도는 산책길

며느리, 딸까지 오나 봐
바람 세고 비 잦다

띠를 두른 사람은 달려와 절하고
길목마다 플래카드 손 흔드는 풍경

선거철 절정이라고
눈빛이 살아 있다

나쁜 것과 덜 나쁜 것 좋은 것 혹은 더 좋은
한라와 백두 그 샛길에 나침반 놓아 볼까

오늘도 바람 속에서
잇속없는 셈을 한다

폭우
—서초동 현자*

어제는 역사이고 내일은 미스터리

굵은 빗줄기 하염없이 내리고 내려

저녁별 숨어 버린 곳 사방천지 물이다

지하철 입구는 어디인지 알 수 없다

물에 잠긴 자동차 두고 어디로 갈 것인가

차 지붕 그 위에 앉아 비의 배후를 찾는 밤

물 속인 듯 물 위인 듯 허기진 시간이 간다

누가 저 하늘을 슬픔에 젖게 했나

핸드폰 두드려 찾는 어디 없나 마른 곳

* 서초동 현자 – 물에 잠긴 자동차 위에 초연히 앉아 비를 맞던 신사를
   풍자한 신문 헤드라인

맨드라미

바람 나무 담장 아래 싸리꽃 피는 골목

가방 메고 집으로 가는 꼬맹이 바라보며

닭벼슬 주먹 꽃송이

햇살 먹고 서 있다

어른들 일하러 나가 텅 빈 마당 모롱이

말 한마디 없이도 눈 맞추며 반겨주는,

선홍빛 입술만으로

나를 불러 세운 꽃

함박눈과 소나무

읽던 경을 물리는 절집의 깊은 밤 자시

보름달은 중천이고 마당 가득 눈이 내려

감아도 눈이 부시는 무언극이 절정이다

허공에서 지상까지 먼 길 돌아온 손님

집 떠난 홀로움에 청솔가지 감싸 안고

정한情恨을 못 이긴 가지

팔 한 짝을 버린다

법맥을 이어받은 혜가의 단비*처럼

감당할 그만큼만 받겠다는 의지인 듯

단호한 작별인사로 절명시를 읽는다

*혜가 스님의 단비. 진리를 얻으려 눈밭에서 자신의 팔을 자름

아흔 살의 종이학

손톱만 한 새가 난다 어머니 손끝에서

한 마리 접는 일은 눈 감고도 환하다며

어눌한 손가락으로

깃털을 살려낸다

가난한 젖가슴으로 빚어낸 종이 날개

내리사랑 입김을 따뜻하게 불어 넣고

날아라 주문을 왼다

젖 냄새 앞섶에서

겹겹이 닿은 손길 천 마리 학이 되어

하늘빛 우러르며 손바닥 차고 올라

마침내 하늘을 난다

아흔 소원 영근다

달리아, 지상에 서다*

적막 깊은 어느 고을 별을 닮은 꽃 한 송이

두 손 모은 꿈길에서 하늘 문 열리는 오늘

수천 년 세월이었다 아주 잠깐이었다

모래바람 그보다 더 푸른 밤낮 있어

바스러진 꽃잎 아래 사리 같은 씨를 모아

지상에 다시 피워 낸 개화가 절정이다

물기 없는 적요 그 간절한 기원으로

맨 처음 그날처럼 직립을 그리면

사랑은 빛보다 빠르다 눈물보다 따뜻하다

쌍봉낙타 오가는 꿈 지켜보던 그 외딴집

스핑크스 턱을 괴고 별 하나 나 하나

혼불이 환생한거다 사랑이 다시 온거다

* 피라미드에서 발견된 씨앗을 스웨덴 학자, "다알"이 꽃 피워 전 세계에 퍼짐

골절

새알처럼 흩어져 버린 왼팔 뼈 여러 조각
모니터 화면 위에 정지한 눈빛이
난감한 숙제를 예감한 듯
깊은 침묵이다

순간의 무심이 반란과 충돌한 현장
저라도 살아보려 각자도생 선택인가
어미 품 그대로 두고
집 나가려 했을까

세상 잊고 잠든 사이 화타는 신의 손으로
단숨에 알을 모아 제 둥지에 들여놓고
가만히 품어주란다
날개 돋을 때까지

지심도 동백

물 위에 마음심
새겨 놓은 바위섬
당신의 품 같은 포구에 들어서면
붉게 핀 꽃잎 사이로 어룽지는 그 얼굴

한번 피면 지지 않는
그런 생을 찾아서
파도를 밀고 당기는 바람은 가지에 닿아
비워야 채워지리라 긴 편지를 씁니다

바다에 봄이 오고
목마른 답신인 양
겨우내 오간 발자국, 눈부처가 됩니다
적멸寂滅은 끝이 없어라 생가슴에 담은 너

줄탁동시詩

키보드 자판 위로 독수리가 지나간다
눈 어두운 발톱으로 낱말을 줍다 보면
내 안의 나를 깨워줄 새는 훌쩍 날아가고

하늘 높이 박차고 오를 날개 언제 돋을까
느낌표에 걸려 있는 물음표를 떼어내고
시원한 소낙비 울음 쏟아낼 수 있을까

닫았던 귀를 열고 생가슴도 활짝 편다
미완의 둥지에서 꿈틀대는 알을 꺼내
다시금 깨어나라고 손끝 톡톡 두드린다

비 온 뒤

개미도 흙알갱이로 성을 쌓는 산책길

익숙한 반환점, 고빗길이 젖고 있다

한 치 앞

알 수 없어라

내 앞에 있는

작은 생

제2부

여름, 병산서원

읽던 책 밀쳐놓고 마당으로 내려온

배롱꽃
분홍 입술을
주인 없는 강바람이

만대루 기둥 사이로 그만 훔쳐 달아나네

적벽

가을 내음 들머리 길 누렁소 걸음으로
바지랑대 밟고 가는 한 줌 바람처럼
내 안에 잠들었던 시어詩語
누천년 길 따라간다

동복댐 붉은 치마 물에 잠긴 한 자락이
속정을 내비친 듯 비껴드는 데칼코마니
옛 시인 멈춰 섰던 곳
그 눈길이 선명하다

경전처럼 누운 시간 한 켜 한 켜 되짚어가는
벽이여 적벽이여 물 높이 깊어진 만큼
다시 와 안겨 줄 가을
목숨처럼 붉어라

어린 알로에

키우기 쉽다고 어디서나 잘 큰다고

새끼손가락 같은 한 촉 뽑아다 주셨는데

어려서 그늘이 없는 그 살갗이 애인타*

목마른 모래밭 뜨거운 바람 앞에서

억세게 살아남던 질긴 목숨 기억할까

어떻게 살아왔는지 차마 잊진 않으리

얼음같이 말간 생살 투명하게 돋아나라

언젠가 둥치째 잘려 소신공양 그날까지

실핏줄 하얗게 돌아 흔들리지 않기를

*애인타: 애련하다의 방언

금낭화

들꽃, 된장항아리 어우러진 절간에서

유순한 마음 돋아나 가벼워진 발걸음

당신을 따르겠습니다*

뒤를 따라 걷습니다

* 금낭화 꽃말

시집을 받아 들고

시인의 입술이 우편함에 물려 있네
생을 담다 눈물 닦으며 한 올 두 올 엮었을
그 얼굴 가만 꺼내주네
그의 말에 귀를 여네

시린 날 햇살 같은 낱말을 그러모아
갖춘마디 하나씩 초점에 집중하면
마침내 붉게 타오를까
까맣게 모여든 빛

얼음장 녹고 있는 볕 좋은 봄날 강물 아래
설레는 목소리 갈피마다 여울져

이제는 내가 답할 차례
붓을 다시 세우네

상강 무렵

올해 들어 처음 손이 시린 산그늘
소양호 저 너머 고요 집 두어 채
단풍은 아직 멀었고 물소리는 도란도란

강물보다 깊은 하늘 모래 마당이 눈부시다
말을 잊은 차 한 잔에 손을 데우는 하산길
휘영청 '영지影池'에 드리운 역사歷史, 붉은 물이 들고 있다

한 생은 논밭에서 맨발로나 살아볼까
어느 생은 선방 깊숙이 죽비에 깨어 볼까
아니야, 눈 감고 이대로 사랑하며 미워하며

쑥

비 온 뒤 여린 싹이 솜털 달고 솟아났다
가위로 숭덩숭덩 한 웅큼 잘라 와
콩가루 듬뿍 묻혀서
진쑥국을 끓인다

맑고도 향기롭게 봄이 절로 넘어간다
주인 없는 영토마다 일가를 이룬 저 힘
키운 이 누군지 몰라도
밥상 가득 오셨다

바람 나무집

금정산 장전동에 맷돌이 돌고 있다
불린 콩 갈고 익혀 누름돌로 반듯하게
라디오 트로트 흘러
두부 맛이 익는 집

콩물 짜낸 뜨거운 비지 한 김 식을 무렵
일과 마친 피난민 삼촌 시장기 채워주는
모두부 김치 곁들인
두레상이 왁자하다

씨방에 고이 잠재운 실향민 유전자
물젖은 손을 닦고 북녘 하늘 바라보면
우물 옆 나무 꼭대기
낮달 찾아오는 집

조광조, 만나다

광교산 끝자락 심곡서원 건너편
나무 아래 봉분이 편안하게 앉아있다
오가는 차들의 불빛 담담히 바라보며

어쩌다 산모롱이 잘리고 깎여나가
병풍처럼 고층아파트 나란히 드리우고
살아서 이루고 싶은 무릉은 어디있나

그 혼자 감당한 역사의 소용돌이
지나는 길손들은 아는지 모르는지
무심한 벌레 한 마리 세월을 먹고 있다

* 조광조(趙光祖, 1482-1519)

가을날

노을 앞에서

내 상처를 어루만져 주는 날

나무 아래

너의 이야기 오래도록 듣는 날

책 읽어

사람 되려고 책상 앞에 앉는 날

정방폭포

언젠가 닿아야 할 큰물 만나러 가리
는개 진눈깨비 구름 비 보법으로
백록담 어미 품에서 젖을 흠씬 먹은 날

한때 불타오르다 깊이 잠든 화산석
그 마른 입술 적시며 낮은 곳 더 낮은 곳으로
오름은 골짝 흔들어 깨어나라 떠나라

숨 쉬는 구멍 돌밭 천년을 우린 물빛
그리움 출렁이는 아득한 여정의 끝에

열두 폭

물깁을 편다

물메아리

울리며

풀꽃

사람 없는 공원에 클로버꽃 한창이고
산책길, 풍문도 없이 집을 짓는 개미들
힘들다 힘들다 해도
살만한 곳 여긴가

집콕, 일상에서 꾹꾹 눌러 놓은 일
툭 치면 쏟아져 나올 오랜만에 듣는 말
밥 먹고 차 한잔해요
보고 싶다 그립다

온 들판 하얗게 풀꽃 반지 만들어 놓고
세 잎 네 잎 어우러진 약속이 시들기 전
눈부처 모셔보자고
손가락을 거나 봐

제3부

눈사람

사람 되어 만나자 늙어서도 아름답게
이 땅에 내려와 쌓인 쌀가루 고운 양식

둥글게
굴리고 굴려
숨을 담은 사람아

양재천 둑길에 수북한 억새 꺾어
금생에 기약 없는 두 팔을 꽂아주고

잔가지
찾아 붙이면
웃는 입술 환하다

한때의 어리석음 말로 다 어이하리
흩날리는 눈발도 손잡을 줄 아는구나

허공에
뿌리내린 힘
사람 되는 날이다

백 원 택시*

사탕값도 안 되고 강아지도 안 물어가는
백동전 딱 한 개 그 위세가 당당한 고을
이순신, 장군 모시듯 서천 택시 납신다

시오리 장날 길에 발이 된 시골 택시
한 그릇 새알 팥죽 침놓는 의원까지
어디든 모셔드리고 백 원이면 오케이

누가 만든 세상인가 하늘 아래 천국이다
달려온 기사님이 자식인 양 반가워
나으리 목민관 나리 어깨춤이 절로 난다

* 서천군은 마을주민에게 백 원만 받는 희망택시를 운행하여 주민들의
반응이 좋음.

나의 시조

주지 않은 숙제를 남몰래 받아 들고
울 엄마 치마저고리 눈앞에 아른거려
개망초 흐드러진 오월도
그냥 흘려보내고

고삐를 매지 않아도 시 한 잔에 목이 말라
붓 한 자루 친구삼아 태산이라도 옮겨 볼까
사는 일 별거 있냐며
글을 받아 드는 날

광교산 솔바람에 보리밥 비벼 먹고
혼자라도 외롭지 않은 함께라서 더 좋은
신발 끈 고쳐 매는 길
저만치 달이 뜬다

진해鎭海, 벚꽃

그곳의 기억은 흩날림으로 시작된다
아름드리 고목이 하나둘 눈을 뜰 때
장복산 어귀부터 마을까지 분 냄새 그윽해라

수줍은 그녀의 몽글한 분홍 뺨을
바람이 부비고 가면 어디 있다 이제 올까
탄성이 절로 나오는 꽃담장이 되나니

백두대간 끝자락 남해를 품은 산맥이
다음 생 마중하러 터널을 넘노라면

폴
폴
폴

손을 흔들며

내려오는

그 꽃잎

잃어버린 숲

눈감아도 아른대는 구암동 골짜기
당귀 감초 실한 이파리 떨어져 쌓인 밤송이
외딴 길 흔적 지우며
석양을 지고 있다

서너 채 집 살 돈을 산기슭에 묻어 놓고
주인도 발길 접은 산자락에 떨어진 홍시
파종한 시간은 자라
밀림이 된 오천 평

꽉 다문 입술이 표정 없이 저무는
길 아닌 길에서 농부를 기다리다
산새들 오가는 길목
허공으로 길이 난다

임대아파트, 입을 열다

임대료는 통장에서 잘 나가고 있답니다
이웃 아파트값은 천장 모르고 올라도
구김살 그늘 하나 없이
학교 가는 아이들

꿈을 꾼 이 편한 세상 나라에서 주는 집
"고가분양 결사반대 비대위에서 알립니다"
확성기 목이 멥니다
허공을 울립니다

장고 끝에 내린 결정 어깨띠를 두르고
할 말 많은 주민들의 큰 입이 되었습니다
귀갓길 지친 어깨도
펄럭이며 다독입니다

유리 벽

하늘을 나는 자유
그건 죄가 아니에요
바람 따라 바람처럼 한라를 활공한대도

허공과
허공을 가른
저 유리 절벽 낭떠러지

멍든 줄 모르는 파도
애월 애월 부르면
날개여 다시 피어나라 날아오르라

산 버들
눈 뜰 즈음엔
서너 개
알도 낳으라

연꽃이 보낸 편지

덕진공원 연지蓮池가 참 좋다던 무소유 스님
말씀 따라 그 연꽃 만나러 가는 머리 위로
불현듯 예고도 없이
장대비 쏟아진다

우리는 비를 피해 백련 사이 내달리고
젖어있는 풍경 속에 번개 치듯 스치는
진흙이 꽃 피우는 일
얼마만 한 내공일까

눈에 선한 그 날이 살며시 곁에 오면
좋은 일이 있기보다 지금에 감사하라는
소인도 없는 편지를
두 손으로 받아든다

수목원 가는 길

1.
숲으로 가는 차에서 푹 잠이 들었다

번잡을 떠남은 벌써 평안에 초대하나

한사코 막히는 길이 때론 선물이라니

내리고 오르고 돌아가고 건너고

징검다리 출렁다리 까르륵 웃음소리

노오란 가문비나무 잎이 지는 고요까지

2.
깻잎 따는 촌부처럼 도롱이 벌레처럼

아니 그냥 오늘 나처럼 순한 마음 따라갔으리

그 사람 어느 날 문득 숲으로 떠난 이유

탄생을 찾습니다

기저귀 똥 냄새에 아이들 울음소리에
애기똥풀 꽃 피우는 따뜻하고 작은 도시
불현듯 아기 낳으며 여기에서 살고 싶다

어느새 우리 집 셋째, 올해 들어 첫아기란다
고을의 어르신들 경배드리듯 찾아와
다둥이 잘 키우시라 큰돈 주고 가셨다

아기 웃음 잊을까 움츠린 나라를 찾아
이 세상 제일 고운 별 바로 여기 내렸다고
나팔꽃 소문을 낸다
바람 편에 나른다

* 제천시 금성면에서 2021년 10월이 되어서야 그해 첫아기 탄생함

출항

꽃도령 점집 앞에 전을 펼친 할머니
유리문 기대고 앉아 실파를 다듬는다

봄 햇살
소리도 없이 빈 가게 기웃대고

대나무 깃발 따라 오늘은 쾌청일까
단장을 마치고 가지런히 누운 파 뿌리

찬 바람
목에 두른 채 떠날 채비 서둔다

실습일지

새하얀 교복을 입고 낯선 어른 앞에서
인사하는 눈동자가 반짝이는 아기별
첫 출근 설레는 발길 아침밥은 먹었니

요트 바닥 따개비 혼자 따러 내려간
먹먹한 설움이 노을 속에 출렁이고
하늘에 촛불 켜지듯 별 하나 돋아났다

노동자 수입시대에 별 헤는 어린 꿈
기다리고 있을게 밥은 먹고 퇴근하자
잊었나 걱정이 되네 어서 빨리 올라와

제4부

봄, 경청

점점이 비가 내리네

밥 먹고 키도 훌쩍

다보록 부푸는 푸새

가슴은 더 활짝

온 세상

실눈을 뜨네

빗소리에

귀도 여네

지심도 동백 2

배를 타고 섬으로, 동백 보러 가는 길
무엇을 지키려 꽃등 저리 밝혔나
강점기 잃어버린 역사*
그 언덕이 환하다

떴다 잠겼다 손 잡힐 듯 닿는 뱃길
달빛을 우러르며 서러움 씻어내는
지킴이, 섬 지킴이로
뿌리 굳게 내렸다

나무에서 못다 피어 땅 위에서 한 번 더
파도 소리 담아온 사진 속에서 또 한 번
불꽃은 끝이 없어라
못 잊은 듯
잊은 듯

* 강점기 군사기지, 포진지로 점령됨

엄마의 발

엄마, 기억나세요 벗은 발 그대로
하나뿐인 아들이 첫 휴가 나왔을 때
흙바닥, 버선도 없이 뛰어나갔잖아요

한때는 대들보에 주춧돌로 든든했던
여윈 발목 작은 뒤꿈치는 꽃버선 곱게 신겨
너도 참 애 많이 썼구나
쓰다듬어 주어요

꽃보다 아름답던 우리 앞의 시간들
잘 가시라 말은 못 하고 눈물만 어룽졌는데
꿈인 듯 다녀오세요
가뿐하게 환하게

향산 여울

도담삼봉 여울물 완벽한 데칼코마니

돌벼랑 이끼 벽에 일억 년이 고요해라

물버들 발 담근 강 위로 구름 한 점 떠간다

와불 어머니

허리 아파 요양원에 누우신지 오래
밥 차려 드리면 고맙다고 인사하고

기저귀 갈아주어도
웃습니다
환하게

오는 사람 가는 사람 미소로 반겨주며
엄마는 그렇게 아기처럼 행복했습니다

침상 위
머문 시간들

좋았을까
정말로

무궁화

사모의 정 끝이 없어

새벽 걸음 또 오시네

아침 이슬 맑은 눈빛

어찌 이리 고우신지

보랏빛

나비로 사뿐

이 땅에 온

서사시

백일사진

무명천에 싸인 아기 안고 있는 저 새댁
햇살 드는 마루 앞 젊은 신랑 옆에서
한눈에 젊을 적 엄마
엷은 미소 짓고 있다

살뜰히 받들어 안은 저 아기는 누구일까
상상의 파노라마 머릿속을 돌아 나와
둥 두 둥 가슴을 친다
첫아기는 나인데

아기 안고 기념 촬영 뿌듯한 그 순간을
분 냄새 사운 대는 서랍에 넣어두고
얼마나 이뻐했을까
갚지 못한 금생 빚

좌판을 펼쳐놓고

비 오는 파리의 겨울

대리석 광장에

열쇠고리 에펠탑

펼쳐놓은 흑인 청년

그 물건

다 팔았을까

저녁밥은

먹었을까

수목원 안부

출구는 단 하나 언제나 흩날리는 길

욕심은 비운지 오래 앞차를 따라갈 뿐

차에서 한 발 내리니 바로 고요에 물든다

계절은 한껏 자라 눈에 가득 풀, 꽃, 나비

하늘 높이 솟은 나무를 올려보며 걷는 길

구절초 이파리마다 이슬도 눈부시다

눈썹에 가르마 나는 그날은 어디로 갔나

큰 나무는 갈색 엽서를 어깨에 내려주며

절정 뒤 안식이라고 가만 읽어보란다

어떤 기도

지천에 널린 자유를 바람같이 향유했다
나 홀로 아파트에 외로 누운 섬이어도
꽃으로 살고 싶었어
돌아선 그날부터

혼자서도 잘해요. 보란 듯이 사는 날
휠체어 앉아서도 눈물짓지 않는다
세상에 혼자 왔으니
갈 때도 혼자려니

괜찮아, 하얀 소리에 조용히 웃던 딸
안개꽃 한 아름 들고 찾아온다 했는데
풀벌레 작은 소리로
우는 날이 없기를

만해마을, 별

밤마다 별들이 인제 북천 온다고 해서

여자 넷, 별 건지러 어둠 속을 걸었지

걷다가 길에 누웠어

가슴을 활짝 열고

솔가지 사이로 흑단 깔아둔 먼 하늘에서

무수한 별들이 집어등처럼 내려왔고

발 없는 소문이 멀리 갔어

누워서 별을 받는 곳

작별의 눈이 내게 말했다

정신줄 놓았다가 살포시 돌아오면
아까운 것 하나 없데이 인자 붙잡지 마라
어떻게 그냥 보내겠어요
허공에 핀 메아리

응급실 중환자실 가늠할 수 없는 미래
지금 가더라도 나는 늘 좋았으니
이만큼 살다 가면 됐다, 눈빛으로 남긴 말

강점기 육이오 파란을 다 살아낸
담쟁이 질긴 줄기에 바람이 불어온다
괜찮다 다 괜찮데이
다시 또 만날끼다

제5부

물불 선생

그곳 장날 인심은 뜨뜻한 콩나물국밥
시린 어깨 다독이려 하냥 가고 싶어라
아이들 달게 먹던 풍경 아지랑이 몰고 온다

낙동강 남강 어울려 초록 모판 살찌고
단팥소 망개떡은 풀냄새에 맛이 들어
뻐꾸기 울음 타는 곳 무량한 지평이여

그 장터 청년학자 말모이*를 물려받아
물불 가림없이 하나라도 빠질세라
햇살에 나락 키우듯 이삭 줍듯 엮은 책

"목마른 식민지에 젖줄이 되어라"
창신학교* 교정에서 움이 튼 혼불 밝혀
조선말 첫 사전을 낳았다 의령 사람 이극로*

* 말모이: 주시경 등이 편찬을 시도하다 완성하지 못한 첫 국어사전
* 창신중고등학교: 이은상 시조시인의 부친이 1918년 설립한 학교
* 물불 이극로: 조선어학회를 이끈 의령 출신의 한글학자, 영화 〈말모이〉
  의 주인공

마로니에 하우스

혜화역 뒤안길 고시원 개밥바라기
수잠 자던 실눈으로 쪽창을 가만 열면
모롱이 기대앉아서
바라보는 먼 눈빛

고삐 당긴 시간을 씨앗으로 받아서
백만 평 하늘 밭에 뿌리려는 그 결기
언젠가 스쳤던 눈길
지켜보고 있었네

지금 우리 웃을 때 좋은 일이 오는 거라
솥 가득 더운 밥을 식기 전에 챙기면서
올곧은 연필 한 자루
푸른 길 가고 있네

명함

먹고 사는 질박한 일로 손은 늘 분주하다

솥 안에서 익어가는 새하얀 밥알처럼

문자로 선명해지는 내 여정의 간이역

세상의 모든 자식

올해 들어 가장 추운 날 기차를 탔습니다.
엄마랑 눈도장 찍고 바삐 돌아오는 나

마음속 답은 압니다
안 되는데 이러면

아무것도 필요한 게 없으신 엄마를
휘리릭 얼굴만 보고 그냥 올라갑니다

서두른 마음 탓인지
추운 줄도 모르고

날 새도록 만든 반찬을 싸매어 차에 싣고
입 짧은 아들 집으로 한 시간을 달립니다

뭣 하러 힘들게 와요
사 먹으면 되는데

불갑사, 꽃무릇

남도땅 붉은 황톳길

개여울과 일주문 지나,

사라진 어제만 같은

눈부신 얼굴 사이로

보이는 그것만 볼까

한껏 올린 속눈썹

파도 택배

손전화 한 통으로 남도의 맛집이 왔다
고흥 바다 뻘밭에서 낚시에 걸린 장어
할머니 손맛을 넣고 비닐봉지 담긴 채

알 수 없는 형체로 입맛을 돋운다고
무진무진 속 끓이며 화살처럼 달려온
나로도 갯바다 근처 푸른 너울 한술 뜬다

폭염에 지친 몸이 파도를 타고 있다
제피가루 향내까지 스멀스멀 시원하다니

미끄덩
닿기만 해도

기겁하던
가시내

고수

흰 돌 검은 돌 마주 앉은 세기의 대결
화약 없는 전쟁에 세계는 집중하고
로봇은 지배할 수 있을까
변수 많은 세상을

공존인가 역습인가 반전의 반전이다
정석대로 호구 잡는 가늠 못 할 바둑판
무한대 경우의 수를 두며
알파고 약진이다

물리고 나아가는 것 사람만이 아는 것
초읽기 냉엄한 선택 찾아라 신의 한 수
"지금은 양보할 때 아니다
언젠가 지배당하더라도"*

* 9단 이세돌의 말

서호西湖, 낙조 아래서

여기산麗岐山 물그림자 아미蛾眉를 그리는 시간
서호천 물길 따라 천천히 걷노라면
잔물결 색을 입는다 장엄하게 숙연하게

물에 비친 구름 위로 길을 내는 철새 떼
능소화 빛 윤슬 딛고 둥지 찾는 백로들
문명에 남은 목숨을 깃발처럼 펄럭이고

둘러선 아파트 창에 하나둘 별이 뜨면
풀잎 사이 반딧불이 아직 맴을 도는
축만제祝萬提 그 이름을 짓고 돌에다 새긴 사람

바람보다 뜨겁게 불꽃처럼 서늘하게
너무 큰 슬픔 하나 없는 듯이 품고서
만석꾼 노래 부르는 어진 얼굴 큰 얼굴

흘러온 역사의 갈피 노래하는 물이여
따뜻한 문장을 안고 눈물을 닦으렴
허공 끝 구름을 뚫고 샛별 반짝 돋는다

춘분

제비꽃 찾아오고 민들레 웃고 있다

들판 제일 작은 것이 기쁜 소식 주려는 듯

바람 센 난달에 앉아

한껏 발을 뻗는다

덕자

천사횟집 의자에 앉아 갈치찜을 먹는
네온사인 밝혀진 목포의 늦은 저녁
노포집 벽을 차지한 여인이 눈을 끈다

꽃 시절 불러본 듯 다정한 저 이름
메뉴판에 딱 두 글자 내력이 수상하고
그 옆에 십사만 원은 궁금증만 더한다

낯선 마을에선 겸손하게 묻는다
병어보다 큰 놈인디 찜이 참 맛나요이
한 냄비 은갈치 앞에서 보고 싶은 그 여자

당신의 등 뒤에 줄을 서다

상가 앞에 긴 줄 무슨 일인가 따라 선다
뜻밖에 빵 굽는 긴 생머리 언니가 있다

한 입 쏙
미니 붕어빵
내 가슴을 데울 듯

골목길에 하나둘 모여든 얼굴들
강줄기 물고 오는 뒤척임을 바라볼 때
시린 눈
시린 가슴이
속수무책 설레고

단단한 종이봉투에 목선인 양 몸을 실은
물고기 몇 마리, 바스락 비늘을 털며
12월
포장마차 강둑을
성큼 따라 건넌다

둥근 손

기름때 손때로 얼룩진 상자 안에
발꿈치 살짝 든 지폐들이 꾸깃한 채
붕어빵
팔아서 모은
시간이 쌓여있다

빵틀 돌려 모은 정성 묵언의 수행자처럼
익명의 기부자님 다시 찾은 크리스마스
받아 든
소방대원들
말을 잃은 그 자리

붉은 팥 삶아내며 해종일 굽는 일이
궂은 사연 위무하는 산타의 손이 되어
단 한 번
왔다 가는 세상
둥글게 껴안는다

식물성 언어로 교직한 현실 진단과
각성의 노래

이우걸(시조시인)

식물성 언어로 교직한 현실 진단과
각성의 노래

이우걸(시조시인)

1

시적 현실은 일상을 그대로 옮긴 현실이 아니라 시인이 만든 새로운 현실이다. 그렇다고 해서 현실을 살고 있는 시인이 현실의 영향을 받지 않고 시를 쓸 수는 없다. 김경옥 시인의 이번 시조집은 제목이 함의하는 바와 같이 피폐한 현실에서 비교적 벗어나 있는 듯 보인다. 제목들이 대체로 꽃들을 노래하고 있어서 현실 도피적이거나 시대를 등진 것으로 오독할 우려가 있다. 현실을 비판하는 자세가 시종일관 철저하다고는 할 수 없으나 그의 잠재의식 속에는 오늘의 비윤리적이고 비이성적인 무질서한 현실에 반

항하는 어떤 의식이 깔려있다고 생각된다. 그래서 그의 시조 세계는 다분히 오늘날의 혼란에 대한 대안적 세계나 그가 열망하는 유토피아적 분위기를 다분히 재현하는 것이 아닌가 한다.

꽃샘 커플 붐비는 행궁마을 카페거리
비워 둔 지 오래된 거미줄 궁전이
서둘러 단장을 마쳐
밤늦도록 환하다

묵은 가지 봄물 퍼 올려
어둠을 씻어내듯
사람도 움츠린 마음 살뜰히 거두면
바람결 눈부시도록
상큼하게 빛날까

이산과 혜경궁 홍씨, 다산도 오셨나 봐
옥상까지 파라솔치고 사람 구경 꽃구경
물 고을 새 물 만났다
발꿈치가 닳고 있다

-「행궁동 사월, 목련이 피었어요」 전문

바람 나무 담장 아래 싸리꽃 피던 골목
가방 메고 집으로 가는 꼬맹이 바라보며
닭벼슬 주먹 꽃송이
햇살 먹고 있었다

어른들 일하러 나가 텅 빈 마당 모롱이
말 한마디 없어도 눈 맞추며 반겨주던
선홍빛 입술만으로
나를 불러 세운 꽃

－「맨드라미」전문

　전편에서 보이는 봄의 예찬에는 이산과 혜경궁 홍씨 그
리고 다산을 등장시킨다. 이른바 조선의 르네상스 시절을
환기하고 있다. 후편에는 어린 시절 눈여겨보았던 '맨드라
미'를 노래하고 있다. 학교에서 돌아온 화자가 텅 빈 집에
서 눈 맞출 수 있었던 것은 마당 한구석에 심어둔 화초들
이었던 모양이다. 가난과 외로움이 묻어나는 장면이지만
꽃 앞에 불려갈 수 있는 화자는 그때 이미 시인이 될 자질
과 사유를 얻지 않았을까 짐작한다. 그늘 많은, 아픔 많은,
차별 많은 곳을 일일이 지적하거나 드러낸 분노 없이 쓴
이 시조들은 그의 시학이 무엇을 말하고 무엇을 보여주고

싶은가를 잘 대변하고 있다 하겠다.

　2

　이미 말한 그대로 이 시조집에는 유난히 꽃과 관련된 시조가 많다. 그 작품들을 들여다보면 크게 세 갈래로 나눌 수 있다. 그 하나는 자연 그대로의 꽃을 노래한 작품군이고 또 다른 한 갈래는 중의적으로 현실을 담고 있는 작품군이고 다른 하나는 꽃을 대상으로 불심을 표현한 작품군이다.

　　읽던 책 밀쳐놓고 마당으로 내려온

　　배롱꽃
　　분홍 입술을
　　주인 없는 강바람이

　　만대루 기둥 사이로 그만 훔쳐 달아나네

　　　　　　　　　　– 「여름 병산서원」 전문

　퇴계의 제자 류성룡을 모신 병산서원은 특히 배롱꽃이 유명해서 많은 관광객이 찾는 곳이다.
　이 작품은 군더더기가 없다. 그냥 이 시조에 표현된 풍경 그대로의 모습을 읽으면 된다. 엄격한 격식을 갖춘 서원이지만 여기서는 배롱꽃이 주연이다. 강바람은 조연이다. 그러나 무르익은 봄 풍경에서 강바람이 없었다면 이 작품은 싱거웠을 것이다. 배롱꽃은 배롱꽃 그대로의 배롱꽃이다. 시적 기교가 아름다운 작품이다. 단정하고 가식 없는 시인을 가장 많이 닮은 배롱꽃의 향기를 느낄 수 있기 때문이다.

> 보라색 흰색 어우러진 분 내음 따라
> 유럽 황실 어디쯤 온 듯 데자뷔 즐거워라
> 신산한
> 봄바람에 맞선
> 보드라운
> 비폭력
>
> ─「자스민의 봄」전문

　현실 의식이 스미어 있는 시다. '신산한, 봄바람에 맞선, 보드라운 비폭력' 때문이다. 그러나 그 강도로 보면 가벼운 편이다. 그림이 모던하면서도 비교적 세련된 느낌을 준다.

> 덕진공원 연지가 참 좋다던 무소유 스님
> 말씀 따라 그 연꽃 만나러 가는 머리 위로

불현듯 예고도 없이
장대비 쏟아진다

우리는 비를 피해 백련 사이 내달리고
젖어있는 풍경 속에 번개 치듯 스치는
진흙이 꽃 피우는 일
얼마만 한 내공일까

눈에 선한 그 날이 살며시 곁에 오면
좋은 일이 있기보다 지금에 감사하라는
소인도 없는 편지를
두 손으로 받아 든다

– 「연꽃이 보낸 편지」 전문

 '무소유 스님'이나 '연꽃', 특히 '진흙이 꽃피우는 일 얼
마만한 내공일까' 와 셋째 수의 자기 성찰적 시구를 보면
이 작품은 불교적 사유에 충일한 작품이다. 이 시인의 경
우 어떤 대상을 보아도 불교적 사유로부터 자유로울 수 없
을 것이다. 그의 삶 자체가 녹아있는 작품을 쓴다면 불교
는 언제나 그의 생을 지탱하는 정신적 기둥이기 때문이다.

 꽃은 아니지만 식물을 두드러진 오브제로 삼은 작품이

있다.

> 읽던 경을 물리는 절집의 깊은 밤 자시
> 보름달은 중천이고 마당 가득 눈이 내려
> 감아도 눈이 부시는 무언극이 절정이다
>
> 허공에서 지상까지 먼 길 돌아온 손님
> 집 떠난 홀로움에 청솔가지 감싸 안았고
> 정한을 못 이긴 가지 팔 한 짝을 버린다
>
> 법맥을 이어받은 혜가의 단비처럼
> 감당할 그만큼만 받겠다는 의지인 듯
> 단호한 작별인사로 절명시를 읽는다

> ─「함박눈과 소나무」 전문

여기서는 소나무 한 그루를 대상으로 달마대사의 법통을 이어받은 혜가의 일화를 그려놓고 있다. 아름다운 종교시다. 그러나 그냥 그 풍경대로 바라보아도 격조 있는 시어와 보름달과 소나무의 구도는 유연한 동양의 미를 탄주해 내기에 어울리는 한 폭의 한국화다.

> 비 온 뒤 여린 쑥이 솜털 달고 솟아났다

가위로 숭덩숭덩 한 움큼 잘라 와

콩가루 듬뿍 묻혀서

진쑥국을 끓인다

맑고도 향기롭게 봄이 절로 넘어간다

주인 없는 영토마다 일가를 이룬 저 힘

키운 이 누군지 몰라도

밥상 가득 오셨다

－「쑥」전문

쑥은 세를 뻗어나가기로는 어느 식물 못지않다. 더구나 보릿고개를 넘을 때 구황식물로 일조한 식물이다. 이 작품에서 어색하지 않게 의인화해서 시인은 쑥을 예찬한다. '주인 없는 영토마다 일가를 이룬 저 힘 / 키운 이 누군지 몰라도 밥상 가득 오셨다' 는 쑥의 특성을 예리하게 노래한 가구佳句다.

3

앞서 말한 그대로 필자는 김경옥 시인의 이번 작품집이 꽃을 주로 이야기하고 있고 그 그림들이 그가 꿈꾸는 유토피아거나 혼탁한 우리 시대의 대안적 풍경을 노래한다고 읽었다. 시인은 시대와의 불화를 다수 작품에서 은유적으로 얘기하고 있지만 모든 작품이 그렇지는 않다. 다음 작품들에서는 그의 대 사회적 메시지가 선명하다.

사탕값도 안 되고 강아지도 안 물어가는
백동전 딱 한 개 그 위세가 당당한 고을
이순신, 장군 모시듯 서천 택시 납신다

시오리 장날 길에 발이 된 시골 택시
한 그릇 새알 팥죽 침놓는 의원까지
어디든 모셔다드리고 백 원이면 오케이

누가 만든 세상인가 하늘 아래 천국이다
달려온 기사님이 자식인 양 반가워
나으리 목민관 나리 어깨춤이 절로 난다

－「백 원 택시」 전문

　　마을버스 운행을 중단하고 '희망택시' 제도를 도입해서
서천군 교통문제를 해결하여 뉴욕 타임스의 극찬을 받은
일화를 시화한 것이다. 결국 이 작품은 백성의 생활을 개
선하는 것이 지자체 단체장의 제일 큰 임무라는 것을 강조
하고 있는 셈이다. 그런 메시지가 적절한 운율감으로 지루
하지 않게 읽힌다. 그의 성향대로 다소 톤다운 된 감은 있

지만 메시지는 강렬하다. 풀뿌리 민주주의라고 환영했던 지자체가 감시 능력 없는 의회, 부조리 가득한 집행부 그리고 민생보다 정파 싸움에 몰입되어 국민의 삶과는 거리가 먼 시비에만 열심이라면 존재가치가 없다는 것을 표현하고 있기 때문이다.

임대료는 통장에서 잘 나가고 있답니다
이웃 아파트값은 천장 모르고 올라도
구김살 그늘 하나 없이
학교 가는 아이들

꿈을 꾼 이 편한 세상 나라에서 주는 집
"고가 분양 결사 반대 비대위에서 알립니다"
확성기 목이 멥니다
허공을 울립니다

장고 끝에 내린 결정 어깨띠를 두르고
할 말 많은 주민들의 큰 입이 되었습니다
귓갓길 지친 어깨도
펄럭이며 다독입니다

– 「임대 아파트 입을 열다」 전문

주거문제 해결을 위해 제공되고 있는, 무주택자를 위한 임대아파트는 이미 우리 사회 주택난 해결의 묘수로 인정받고 있다. 그리고 임대 기간이 지난 뒤에 실 소유자에게 얼마나 적절히 매매되는가의 문제는 여러 갈등을 야기한다. 그런 사회현상을 이 작품은 그려 보인다.

기저귀 똥냄새에 아이들 울음소리에
애기똥풀 꽃 피우는 따뜻하고 작은 도시
불현듯 아기 낳으며 여기에서 살고 싶다

어느새 우리 집 셋째, 올해 들어 첫아기란다
고을의 어르신들 경배드리듯 찾아와
다둥이 잘 키우시라 큰돈 주고 가셨다

아가 웃음 잊을까 움츠린 나라 찾아
이 세상 제일 고운 별 바로 여기 내렸다고
나팔꽃 소문을 낸다 바람 편에 나른다.

— 「탄생을 찾습니다」 전문

인구문제는 한 도시의 문제가 아니라 국가의 존망이 걸려있는 문제로 그 심각성이 강조되고 있다. 제천시 금성면에서 2021년 10월에 그해의 첫 아기가 탄생했다고 한다.

시인은 인구문제와 관련해서 평소 소신을 피력하기 위해 이 작품을 쓴 것 같다. 개인적 경험과 보도 자료를 참고해서 아이의 탄생이 얼마나 소중하고 아름답고 귀한 일인가를 시화하고 있다.

앞의 작품들과 다르게 오늘 우리 사회가 안고 있는 가족제도의 건조함을 자신의 반성적 성찰을 통해서 고발하는 작품도 있다.

올해 들어 가장 추운 날 기차를 탔습니다
엄마랑 눈도장 찍고 바삐 돌아오는 나

마음속 답은 압니다
안 되는데 이러면

아무것도 필요한 게 없으신 엄마를
휘리릭 얼굴만 보고 그냥 올라갑니다

서두른 마음 탓인지 추운 줄도 모르고

날 새도록 만든 반찬을 싸매어 차에 싣고
입 짧은 아들 집으로 한 시간을 달립니다

뭣하러 힘들게 와요

사 먹으면 되는데

　　　　　　　　　　　　　　- 「세상의 모든 자식」 전문

　　내리사랑의 풍경이다. 친정엄마는 요양원에 계실 테고
아들은 따로 독립해 살고 있을 것이다. 친정엄마는 눈도장
만 찍고 오면서 아들을 위해서는 날이 새도록 반찬을 만들
어가는 자신이 밉다. '사 먹으면 된다'는 자식의 성의 없는
말은 그래서 더욱 속상하다. 그러나 이렇게라도 엄마를 챙
기고 자식과의 관계를 정스럽게 이어 나가는 가족은 행복
한 집안이다. 자식인들 다 큰 아들 반찬 만들어 오는 엄마
의 정성을 왜 모르겠는가. 그냥 수고하지 말았으면 싶어서
던진 퉁명스러운 말일 것이다. 그만큼 이 작품은 아름다운
풍경이지만 화자는 스스로의 부족함을 피력하고 있다. 그
러나 신문 방송뉴스들은 유산 문제로 형제간에 소송을 하
고 나이 든 아들은 노모의 충고를 못 받아들여 폭력을 저
지르기도 하고 심지어는 살인으로 이어지는 사건들을 전
한다. 결국, 금전 만능주의가 만든 슬픈 풍경일 것이다.

　　4
　　우리는 김경옥 시인의 작품을 읽으면서 그의 시풍을 어
느 정도 알게 되었다. 그의 시조들은 섬세하고 따스할 뿐
만 아니라 일정한 수준의 격조를 지니고 있다. 대상에 대

한 사랑이 극진하고 감정을 잘 조절할 줄 안다. 그리고 가독성이 있는 시조를 쓴다. 가락에 민감하게 반응하는 시조를 쓴다. 시조적 형식면에서 그의 작품들은 완결성이 높다. 시조라는 장르에 입문하기 전부터 그의 운문 스타일이 시조적이어서 자유시를 쓰기엔 오히려 결점으로 작용한다는 지적까지 받은 경험이 있다. 그만큼 그는 시조형식에 가까운 리듬을 가진 시인이었다. 시조를 알고 쓰기 시작한 이후 그의 시조창작에 대한 과정을 노래한 다음 작품을 먼저 읽어보자.

주지 않는 숙제를 남몰래 받아들고
울 엄마 치마저고리 눈앞에 아른거려
개망초 흐드러진 오월도
그냥 흘려보내고

고삐를 매지 않아도 시 한 잔에 목이 말라
붓 한 자루 친구삼아 태산이라도 옮겨 볼까
사는 일 별거 있냐며
글을 받아 드는 날

광교산 솔바람에 보리밥 비벼 먹고
혼자라도 외롭지 않은 함께하면 더 좋은
신발 끈 고쳐 매는 일

저만치 달이 뜬다

- 「나의 시조」 전문

시조를 쓰기 시작하면서 달라진 그의 심리상태가 잘 담긴 작품이다. 누구의 하명이 아니라 스스로 받아 안은 숙제를 하는 마음으로 한 편의 시조를 쓴다는 점, 그 작업이 부담인 듯 하면서도 오히려 외롭지 않아 좋다는 것, 그의 서정의 뿌리는 향토성 혹은 토속성에 있다는 것 등이 억지스럽지 않은 한 편의 시조 속에 오롯이 담겨있다. 많은 시인이 선택해서 자신의 문학세계를 열고 살아가는 시조 시단에서 그는 묵묵히 자기만의 올곧은 시조창작법을 다지며 이 길을 걸어오고 있다. 그런 성과의 중간 결산으로 이 작품을 나는 들고 싶다.

천사 횟집 의자에 앉아 갈치찜을 먹는
네온사인 밝혀진 목포의 늦은 저녁
노포집 벽을 차지한 여인이 눈을 끈다

꽃 시절 불러본 듯 다정한 저 이름
메뉴판에 딱 두 글자 내력이 수상하고
그 옆에 십사만 원은 궁금증만 더한다

낯선 마을에선 겸손하게 묻는다
병어보다 큰 놈인디 찜이 참 맛나요이
한 냄비 은갈치 앞에서 보고 싶은 그 여자

- 「덕자」 전문

고향 어디에 살고 있으나 오래 만나지 못한 어릴 적 친구 이름처럼 정다운 '덕자'라는 메뉴를 시인은 목포 생선 찜 집에서 발견한다. 덕자가 왜 메뉴판에 있냐고 물으니 주인은 대답한다. "병어보다 큰 놈인디 참 맛나요이" 덕자라는 생선이 생경하면서도 이색적이다. 그 메뉴 덕문에 친구 덕자의 소식이 궁금해지는 목포의 늦은 저녁… 사투리도 어울리고 저녁 풍경도 아름답다. 구수한 서민들의 일상사에서 채취한 인정과 세태의 가락을 가식 없이 노래하는 길, 언제나 겸손한 언어로 시적 대상에게 사랑을 전하고 그 응답을 옮기는 길, 항상 스스로를 먼저 반성하고 성찰하며 세계를 관찰하는 길, 그 길이 김경옥 시인이 걸어온 길이고 앞으로도 걸어가야 할 길이 아닐까 생각한다. 창작과 또 다른 길인 사회활동 면에서 바라본다면 한국 중등교육계를 선도해온 교육자로 업적을 뚜렷이 가진 분일 뿐 아니라 문단 활동면에서도 지역의 중요 간부로 문학교육과 서비스를 스스로 실천해왔다. 글이 그 사람이고 사람이 그 글을 쓴다고 했을 때 문학의 향기는 사람의 향기라 하지 않을 수 없다. 그런 면에서 모범을 보여온 김경옥 시인은 이미 하나의 성을 가진 문학의 성주라고 생각된다. 그런 영역은 문학적 향기의 영역이다. 그 사명감으로 그가 선택한 시의 길을 걸어가는 시인으로 영원히 기억될 수 있길 기대하고 응원하면서 이 글을 맺는다.